Tema: El otoño   **Subtema:** D*en*

Notas para padres y maestros:

A medida que un niño se familiariza con la lectura de libros, es importante que recurra a estrategias de lectura y las utilice de una manera más independiente para que se ayude a entender palabras que no conoce.

RECUERDE: ¡LOS ELOGIOS SON GRANDES MOTIVADORES!

Ejemplos de elogios para lectores principiantes:

- Te vi cómo preparabas la boca para decir la primera letra de esa palabra.
- Me gusta cómo te ayudaste de la imagen para descifrar el significado de esa palabra.
- Noté que viste algunas palabras comunes que sabes cómo leer.

¡Ayudas para el lector!

Estos son algunos recordatorios para antes de leer el texto:

- Señala con cuidado cada palabra que leas para que coincida con lo que dices.
- Usa la imagen a modo de ayuda.
- Mira y di el sonido de la primera letra de la palabra.
- Busca palabras comunes en la historia que sepas leer.
- Piensa en la historia para ver qué palabra podría tener sentido.

Palabras que debes conocer antes de empezar

bruja

comas

dulces

fantasma

hambriento

monstruo

tocan

vampiro

DULCE o truco

De Robin Wells

Ilustrado por
Isabella Grott

ROurke
Educational Media

rourkeeducationalmedia.com

Tocan, tocan. ¡Dulce o truco!

¿Quién es?

Soy yo. Un monstruo.

Un monstruo aterrador. ¡Dame dulces!

Tocan, tocan.
¡Dulce o truco!

¿Quién es?

Soy yo. Una bruja.

Una brujita. ¡Dame dulces!

11

Tocan, tocan. ¡Dulce o truco!

¿Quién es?

Soy yo. Un fantasma.

Un fantasma macabro. ¡Dame dulces!

Tocan, tocan. ¡Dulce o truco!

¿Quién es?

17

Soy yo. Un vampiro.

Un vampiro hambriento. ¡Dame dulces!

Tocan, tocan. ¡Dulce o truco!
¿Quién es?

¡Ah! Es mi mamá. ¡No te comas mis dulces!

# Ayudas para el lector

Sé...

1. ¿Quién llegó primero para decir «dulce o truco»?

2. ¿Quién llegó después del monstruo?

3. ¿Quién hizo el sonido «BUUUUU»?

Pienso...

1. ¿Alguna vez has salido a pedir dulces?

2. ¿A dónde quieres ir a pedir dulces?

3. ¿Qué personaje de *Halloween* te parece el más temible?

¿Qué pasó en este libro?

Mira cada imagen y di qué estaba pasando.

Sobre la autora

Robin Wells es madre de dos hijos y vive en la soleada Florida. Ha escrito más de 30 libros para niños y adolescentes. En realidad, no hay una materia o tema que sea su favorito para escribir. Todos son especiales para ella y a menudo le gusta escribir con el sol en la cara y los pies en la arena.

Sobre la ilustradora

Isabella Grott nació en 1985 en Rovereto, una pequeña ciudad en el norte de Italia. Cuando era niña le encantaba dibujar, así como jugar afuera con Perla, su bella pastora alemana. Estudió en la Academia Nemo de Artes Digitales en la ciudad de Florencia, donde vive actualmente con su gata, Miss Marple. Isabella también tiene otras pasiones: viajar, ver películas y ¡leer mucho!

Library of Congress PCN Data

Dulce o truco / Robin Wells

ISBN 978-1-64156-047-4 (soft cover - spanish)
ISBN 978-1-64156-122-8 (e-Book - spanish)
ISBN 978-1-68342-717-9 (hard cover - english)(alk. paper)
ISBN 978-1-68342-769-8 (soft cover - english)
ISBN 978-1-68342-821-3 (e-Book - english)
Library of Congress Control Number: 2017935433

Rourke Educational Media
Printed in China, Printplus Limited, Guangdong Province

www.rourkeeducationalmedia.com

Editado por: Debra Ankiel
Dirección de arte y plantilla por: Rhea Magaro-Wallace
Ilustraciones de tapa e interiores por: Isabella Grott
Traducción: Santiago Ochoa
Edición en español: Base Tres